AF142511

Chat ba da bada...

Un homme, une femme... et un chat.

Martine CUENCA-DUPUY

Chat ba da ba da ...

Un homme, une femme ... et un chat

Roman

Loi n°49-956 du 16 juillet 1949 sur les publications destinées à la jeunesse, modifiée par la loi n°2011-525 du 17 mai 2011.

© 2023 Martine Cuenca-Dupuy

Édition : BoD – Books on Demand, info@bod.fr
Impression : BoD – Books on Demand, In de Tarpen 42, Norderstedt (Allemagne)

Impression à la demande

ISBN : 978-2-3225-0206-6
Dépôt légal : octobre 2023

« L'homme est civilisé dans la mesure où il comprend le chat »

George Bernard Shaw

À tous ceux qui ne conçoivent pas la vie sans la compagnie d'un chat,

À Luis, tombé amoureux de notre Syrah…

Présentation

Chalut les amis ! Me voici ! Je m'appelle Syrah et je suis une demoiselle chat de deux ans et des poussières. Mon jeune âge ne m'empêche pas d'avoir déjà bien des choses à raconter. J'ai donc décidé d'écrire mon autobiographie. J'ai dû prendre une assistante pour finaliser mon projet tout en m'assurant que cet écrit ne trahissait pas ma pensée. Je vous imagine, doutant de ma capacité à mener à bien une entreprise dont bien des humains sont incapables. Vous allez pouvoir constater au fil de ces pages à quel point je suis futée… J'ai l'impression que vous avez ajouté aussitôt un adjectif tel que « humble » ! Celui-là, vous pouvez l'effacer, car il est vrai que j'apprécie d'être le centre de toutes les attentions…

Mais avant tout, je me dois de commencer par un autoportrait bien ressemblant. Imaginez un long félin gris souris, taille mince et allure élégante, petite tête surmontée de grandes oreilles constamment en éveil, des yeux d'or à l'affût du moindre mouvement, un poil court et dru et une queue parsemée de rayures noires et vous aurez alors une description assez proche de ma charmante personne. Ne suggérez pas encore un manque de modestie : je ne fais que répéter, presque mot pour mot, ce que disent de moi mes deux humains. Je vous parlerai d'eux plus tard. Pour l'instant, commençons par le début de mon existence avant ma rencontre avec Lui et Elle.

Je suis née à des kilomètres d'ici dans une île où les chiens et les chats ne sont pas toujours les bienvenus. Cette île s'appelle La Réunion : c'est un lieu, plein de soleil et d'odeurs d'épices, situé près du Tropique du Capricorne. Les humains viennent de très loin pour profiter de son ambiance de rêve, mais pour moi, la vie avait bien mal débuté.

Nous étions une famille de huit chatons nés dans la rue et notre maman avait le plus grand mal à nous nourrir. Elle était très maigre et le peu de lait qu'elle pouvait donner nous promettait une mort certaine. Deux d'entre nous succombèrent avant même d'avoir ouvert les yeux et les six autres n'avaient pas belle allure. Nous pleurions de faim, tétant les mamelles vides de notre pauvre mère quand le miracle se produisit. Une vacancière passa et nous découvrit. Elle fut émue par notre état pitoyable, d'autant plus qu'elle dirigeait là-bas, en France, une association qui venait au secours des chats des rues. Mais impossible de nous ramener avec elle : nous n'aurions jamais supporté le voyage ! Elle se démena, chercha auprès de ses amis réunionnais et parvint à nous trouver un foyer d'accueil. Les bons traitements dont on nous entoura ne suffirent pas à maintenir en vie trois de mes sœurs. Moi, je me battais ! Je voulais vivre. Il faut dire également que notre famille provisoire fit tout ce qu'elle pouvait pour nous offrir des soins attentifs. Peu à peu, j'ai pris du poids et un mois plus tard, j'étais devenue une jolie chatonne tandis que les deux frères qui me restaient avaient aussi un meilleur aspect. Notre mère était une aventurière qui n'avait supporté les humains que pour nous donner une chance de vivre.

Lorsqu'elle eut repris des forces, décidant que notre avenir était assuré, elle profita d'une porte entrouverte pour disparaître à jamais. Je n'étais pas loin d'elle quand elle s'est enfuie. Je l'ai regardée quitter notre refuge. Un bref instant, j'ai hésité : allais-je la suivre ? Ma tentation de liberté n'a pas duré ; j'avais pris goût à un certain confort et appris à apprécier la compagnie des humains. Je suis donc restée et j'ai patienté. J'étais sûre que de belles aventures m'attendaient et je n'ai pas été déçue.

Un long voyage

Celle qui nous avait sauvés de la rue revint quelques mois plus tard. Les survivants de ma portée avaient bien profité. Quant à moi, j'avais belle allure, toujours diposée à folâtrer et à jouer. Nous étions trois chatons prêts à découvrir le monde et j'étais la plus impatiente des trois. Cependant, cette découverte a commencé dans une caisse au fond de la soute d'un gros oiseau d'acier qui faisait un bruit terrifiant.

Je me suis retrouvée enfermée dans une étroite boîte grillagée. Mes frères ont aussi été placés dans une caisse identique. Je ne les voyais plus ! Je ne les entendais pas ! Il faisait froid et noir. J'étais seule dans un lieu inconnu et peu hospitalier. J'ai miaulé de toutes mes forces ; j'ai griffé ma prison en essayant de l'ouvrir, mais personne n'est venu à mon aide. Épuisée, j'ai fini par m'endormir si bien que je ne sais pas combien de temps a duré cette épreuve. J'ai été réveillée par les gargouillements de mon estomac. J'avais faim et soif et pas l'ombre d'une croquette dans cet horrible endroit ! J'ai recommencé à miauler avec toujours le même résultat : personne ne venait à mon secours…

Le vacarme s'est enfin calmé et la lumière a éclairé mon cachot. On m'a jetée sans ménagement sur un chariot au milieu de valises et de sacs. On a ensuite déversé cette cargaison sur un tapis qui tournait sans cesse. Des humains entouraient ce manège et semblaient guetter quelque chose. Régulièrement, je disparaissais dans un tunnel avant de revenir devant les humains qui étaient de moins en moins nombreux.

Enfin, celle qui était venue nous chercher a saisi ma cage et le tourniquet s'est arrêté. J'étais légèrement étourdie par le bruit et le mouvement du tapis. Et surtout, j'avais très faim ! Elle m'a donné à boire et quelques croquettes. J'ai été tenté par une grève pour la punir de m'avoir ainsi laissée dans cet enfer. Mais j'étais trop affamée et assoiffée pour faire des manières. Je me suis donc jetée goulûment sur ce qui m'était offert.

Elle avait aussi récupéré mes deux frères qui m'ont paru bien calmes. Je dois dire qu'ils ont beaucoup moins de personnalité que moi et qu'ils ont toujours accepté sans rien dire les désagréments de notre jeune existence.

Un nouveau voyage, beaucoup moins long, en voiture cette fois, et nous sommes enfin arrivés.

Il faisait nuit. L'odeur iodée qui planait autour de nous m'a rappelé mon île de naissance. La mer ne devait pas être loin. La température semblait agréable, légèrement plus fraîche qu'à la Réunion.

L'environnement était accueillant, l'humaine avait montré sa sympathie à notre égard : j'étais rassurée. Notre séjour s'annonçait bien.

Dès que je fus libérée de ma cage, je me suis trouvée dans une salle occupée par quelques congénères. Un coussin dans un coin de la pièce m'offrait son confort. Je m'y installai et m'endormis aussitôt, réservant pour le lendemain l'exploration de mon nouveau logis.

Une grande maison, mais...

À mon réveil j'ai entrepris de visiter ma résidence. C'était spacieux et lumineux, mais encombré de cartons à moitié pleins. Allais-je devoir encore déménager ? À moins que ce ne soit le grand ménage de printemps... Cela n'avait guère d'importance, car je découvris très vite des inconvénients plus immédiats.

Moi qui aime tant la tranquillité et l'indépendance, je me trouvais au milieu d'une multitude de compagnons de toutes sortes : des gris, des noirs, des blancs, des rayés, des tachetés. Il y en avait partout : sur les lits, sous les lits, dans les placards, sur les meubles... Une marée de chats ! Il y en avait tant que mes deux frères furent rapidement emmenés vers un autre lieu d'accueil. Toujours aussi calmes, ils s'en allèrent en me jetant un regard triste. Ce fut notre dernier contact et j'ignore ce qu'ils sont devenus.

J'observais avec stupéfaction cette foule féline quand je ressentis une crampe d'estomac m'indiquant qu'il était temps de passer à table. Je partis donc à la recherche de ma gamelle. Et là, nouvelle surprise désagréable! J'étais dans l'obligation de faire repas commun avec d'autres individus ; même chose pour la boisson.

L'horreur fut à son comble quand je découvris que les toilettes étaient également communes. Impossible d'avoir sa propre litière ! Où donc avais-je atterri ? Je ne pouvais supporter une telle atteinte à ma dignité : il fallait filer ! Je cherchais une issue, mais toutes les fenêtres étaient closes et une solide barrière empêchait d'accéder au séjour dans lequel s'agitait une bonne dizaine de chiens aboyant à qui mieux mieux. Bref, la fuite était impossible et j'avais de plus en plus faim. Je dus donc me résoudre à piocher dans une des écuelles mises à notre disposition et à faire mes besoins dans un bac utilisé par d'autres. J'avais bien envie de me soulager juste à côté pour montrer ma désapprobation, mais j'y ai renoncé : je suis beaucoup trop soigneuse pour m'abaisser à un acte aussi dégradant…

Les jours ont passé et j'ai réussi, tant bien que mal, à m'habituer à cette nouvelle vie. Je ne dirais pas que cela me convenait, mais il fallait bien s'adapter : le gîte et le couvert valaient bien quelques sacrifices ! Je me suis liée d'amitié avec deux matous un peu plus âgés que moi qui partageaient mon goût pour la découverte et les bêtises. J'avais vite appris à ouvrir le placard de la cuisine et j'ai pu leur offrir un modeste paquet de succulents gâteaux que nous avions bien entamés avant d'être surpris et délogés…

Un jour, j'ai aperçu une fenêtre entrouverte et je me suis empressée d'en profiter. J'ai enfin pu parcourir le jardin et j'ai même poussé mon exploration jusqu'à la plage voisine. J'ai testé un petit sprint avant d'aller saluer quelques humains allongés sur le sable. Ils m'ont caressée puis se sont désintéressés de moi pour aller faire un plongeon. La grève était étendue et son exploration était tentante. Cependant, l'appel de mon estomac m'a contrainte à revenir vers ma pension que j'espérais provisoire. Je n'avais décidément pas hérité de ma mère une âme de chat des rues.

Adieu la liberté ! Retour au logis !

Les discussions entre les nombreux humains qui défilaient dans la maison qui m'hébergeait m'avaient appris le but de ce regroupement animal : trouver pour chacun de nous des parents humains. J'avais donc une chance de quitter ce lieu. À moi de faire en sorte que ce soit le plus rapidement possible avec des adoptants parfaits. Il me fallait bien choisir : je n'avais aucun doute sur ma capacité de séduction. Quand je les aurai dénichés, ils ne pourraient pas résister à mon regard implorant que je peaufinais devant le miroir du placard…

En route pour ma nouvelle vie

Par un bel après-midi de printemps, un couple se présenta. Les deux humains me parurent dignes d'intérêt et je les détaillai avec attention. Ils n'étaient pas très jeunes, mais paraissaient actifs. Je suis sensible au son de la voix et la musique de la leur me fit bonne impression. Était-ce mes futurs adoptants ? Je l'espérais !

J'étais perchée sur une étagère dans le placard de la chambre et je ne les quittais pas des yeux.

Elle m'aperçut : la couleur de mon pelage éveilla en elle des souvenirs de jeunesse. Elle avait eu un chat qui me ressemblait, dit-elle. Donc, côté féminin j'avais mes chances ! Mais Lui me parut plus hésitant. Il regardait les autres félins qui s'agitaient dans la pièce et semblait chercher celui qui le séduirait.

Je le vis s'intéresser de très près à une consœur isabelle qui faire penser à un chat de son enfance… J'étais aux aguets tout en réfléchissant à une stratégie.

Il la caressa et la coquine avait l'air d'apprécier.

 Pas question de lui laisser la place ! Ces humains me plaisaient. Il était temps d'agir !

Je bondis de mon perchoir, atterris au sol avec un petit cri pour attirer son attention. Manœuvre parfaitement réalisée ! Il me regarda aussitôt avec intérêt.

C'était à moi de jouer et de me montrer sous mon meilleur jour.

De mon allure la plus gracieuse, je me dirigeai vers le lit sur lequel le couple était assis. Un saut léger et je me retrouvai tout près de Lui. Je le humai délicatement. L'odeur était sympathique, je pouvais continuer mon travail d'approche. Il ne disait rien, me laissait faire et m'observait avec intérêt : bonne réaction que j'ai appréciée. Cet humain me convenait de plus en plus. Mon choix se confirmait. J'allais pouvoir mettre le point final à mon ballet de séduction. Délicatement, j'ai posé une patte sur son genou avant de m'installer contre lui en ronronnant.

C'était gagné ! Oubliée ma collègue tricolore ! Je ne lui avais laissé aucune chance ! Je l'entendis dire :

— C'est celle-là que nous allons prendre.

Ma joie fut de courte durée. Le couple se leva et s'en alla tandis que je devais continuer à subir le voisinage des autres chats. Que s'était-il passé ? Avaient-ils changé d'avis ?

La vie reprit avec sa monotonie coutumière et je commençais à penser que ma vie allait s'éterniser dans cet hôtel-restaurant animal. Mon désespoir s'accentua quand je vis deux félins de notre groupe partir en compagnie d'humains alors que mes adoptants potentiels avaient disparu. J'avais perdu l'envie de jouer et même celle de me prélasser au soleil sur le rebord intérieur de la fenêtre. Je ruminais ma déception tout en recherchant une solution pour retrouver ceux que j'avais choisis. Il n'était pas question de m'éterniser ici même en étant nourrie et logée!

Mais un matin, le soleil se remit à briller : ils étaient revenus et n'avaient pas changé d'avis. Il y avait juste quelques formalités administratives à effectuer avant mon adoption définitive. Cela dura une éternité et enfin les papiers furent signés. Je quittai la place sans un regard pour tous ces animaux qui encombraient la maison.

Pour rejoindre ma nouvelle demeure, il me fallut encore subir le supplice de la caisse de transport. Je manifestai ma désapprobation par quelques miaulements sonores et mordis la porte de ma prison avec vigueur. Elle glissa sa main à travers mes barreaux et me parla doucement pour me rassurer tandis que Lui nous conduisait vers ce qui allait devenir mon paradis.

La Blanche et ma nouvelle maison

Nous avons donc quitté le refuge animalier et je souhaitais oublier très vite ce lieu. J'étais certaine que de nouvelles aventures m'attendaient. Mon instinct me disait que mon choix était le bon.

Nous avons commencé par un court voyage. C'était Lui qui nous menait tandis qu'Elle maintenait ma cage et cherchait à me rassurer.

Quand notre engin cessa de se déplacer et que son bruit disparut, il fut remplacé par une sorte de hurlement qui me fit frémir.

Je glissai un œil à travers les barreaux de ma prison et aperçus un animal gigantesque. Je n'avais jamais rien vu de pareil. Son cri me faisait penser aux canidés qui occupaient le séjour de mon ancien logis. Il s'agissait donc d'un chien, mais il était d'une taille que je n'imaginais pas possible. Il ressemblait plutôt à une sorte de lion blanc à longs poils, au museau démesuré terminé par une grosse truffe très noire. Quand l'animal ouvrait la gueule, il aurait pu engloutir dix fois ma tête. Pourtant, malgré son allure féroce et peu accueillante, les yeux de ce chien montraient une douceur bien sympathique.

J'entendis les humains l'appeler Maï mais pour moi elle était et resterait la Blanche.

Le jardin me semblait vaste et plein de surprises qu'il me tardait de découvrir. Hélas, je n'y fus pas autorisée. Je devais auparavant m'habituer à mes adoptants et à leur maison. J'ai compris qu'ils avaient peur que je m'échappe et que je me perde…

Nous sommes donc entrés et on m'a enfin libérée de cette infâme cage. J'en suis sortie lentement en jetant des regards prudents autour de moi. La Blanche avait été priée de rester à l'extérieur pour me permettre de faire connaissance avec ma nouvelle demeure en toute tranquillité. La pièce était agréable et lumineuse. Par les deux larges fenêtres, on apercevait la mer. Pas de danger à l'horizon, je pouvais commencer la visite de mon domaine : des fauteuils confortables, un canapé moelleux, c'était parfait !

Et surtout, oh bonheur ! Je découvris très rapidement que j'étais le seul chat. Finis la promiscuité et le partage de gamelles ! J'avais un bol d'eau et une assiette de croquettes pour moi toute seule. Sans tarder, je me précipitai sur ce festin avant de m'installer sur un coussin de la couleur de mon pelage pour une sieste bien méritée.

Je n'eus pas le temps de fermer les yeux, car l'humain avait décidé de réaliser les présentations avec la Blanche. Il la fit entrer en la maintenant fermement par le collier. Elle s'avança vers moi et je me demandai quelle attitude prendre : faire le gros dos et souffler pour montrer dès le début de nos relations que c'était moi la chef ou attendre et voir son comportement à mon égard. J'optais pour une attitude mitigée. Je me dressai en me grandissant le plus possible, mais sans adopter une posture menaçante, sans souffler ni me hérisser. Je fus contrainte de reprendre aussitôt la position assise, car la Blanche venait de me renifler l'arrière-train…

Quelle inconvenance ! Elle ignorait totalement les règles élémentaires de politesse féline. Je ne connaissais pas la bienséance canine et me suis rendu compte par la suite que ce comportement faisait partie des gestes de sympathie chez les chiens. J'ai eu beau tenter d'expliquer à la Blanche que je n'appréciais pas ce genre de familiarité, elle persiste encore aujourd'hui et ma seule échappatoire est la position assise, accompagnée, si elle insiste d'un léger coup de patte sur le museau.

Lors de cette première rencontre, la Blanche ne témoigna à mon égard aucune agressivité, mais il était visible qu'elle découvrait mon espèce. Je restai donc sur mes gardes, car, vu sa taille, elle pouvait s'avérer dangereuse. Les jours ont passé et je persiste à faire preuve de prudence, particulièrement quand la Blanche manifeste le désir de jouer avec moi en faisant des bonds dans tous les sens. Je vous assure qu'il faut un certain courage pour s'approcher d'elle. Imaginez un humain face à un éléphant qui gambade autour de lui…

Malgré ce léger risque, nos relations sont parfaites. La Blanche me protège quand nous sommes dans le jardin et à l'intérieur, elle accepte sans discuter de me laisser les meilleures places. Nous nous partageons les câlins de nos humains tout en surveillant que l'une ne soit pas plus avantagée que l'autre. Pas question que la Blanche ait une friandise sans que je reçoive moi aussi quelque chose.

Première nuit

La journée a été riche de découvertes. J'ai exploré toute la maison en me mettant à l'abri chaque fois que la Blanche est entrée. Il convenait encore d'être prudente !

Quand le soir est arrivé, j'ai recherché la couche prévue pour moi ou à défaut un coussin accueillant pour bercer ma première nuit. J'ai constaté que les humains et le chien se dirigeaient vers la chambre. Pas question de rester seule dans la pièce ! Je leur ai donc emboîté le pas et j'ai découvert que le tapis au pied du lit était réservé à la Blanche. Par contre, rien ne me semblait destiné. Je ne l'aurais d'ailleurs pas utilisé, car j'avais une idée sur la couche idéale. Je me suis cachée sous une chaise et j'ai attendu. Quand la lumière s'est éteinte, je me suis approchée du lit et j'ai bondi. Personne n'a bougé ! J'ai même entendu un rire. Pas d'objection à ma présence : je pouvais donc poursuivre mon avancée. Délicatement j'ai escaladé un des humains avant de m'allonger sur l'oreiller entre Lui et Elle. Leurs caresses m'ont fait comprendre que j'étais la bienvenue. J'ai répondu par un ronronnement satisfait avant de m'endormir pour la plus belle nuit depuis ma naissance.

Au milieu de la nuit, un choc sur le matelas m'a alertée et je me suis redressée, aux aguets. Je me suis rapidement recouchée : ce n'était que la Blanche qui venait de s'installer sur les pieds des humains. Ils n'ont pas bougé : ils devaient être habitués. Nous avons donc terminé la nuit tous les quatre. Heureusement le lit est vaste : tout le monde a bien dormi !

Le lendemain j'ai poursuivi mon exploration et j'ai découvert un amusement que je continue à pratiquer avec délice. Dans le couloir, il y a un grand rideau utilisé pour fermer un placard. Je me suis faufilée dans cette planque et j'ai attendu. Quand la Blanche est passée, j'ai bondi ! Que pensez-vous qu'il est advenu ? Eh bien, c'est la grosse bête qui a eu peur de la petite ! La Blanche a reculé. J'ai compris qu'elle n'appréciait pas être surprise et j'ai continué à jouer à cache-cache avec la même efficacité : quand elle sait que je suis derrière le rideau, elle hésite à passer. J'adore ce genre de blague qui fonctionne à chaque fois avec la chienne et qui fait rire mes humains.

Il y avait fort à faire dans la maison. Néanmoins, j'aurais bien aimé sortir. Je mourais d'envie de découvrir ce jardin dans lequel la Blanche se baladait à sa guise en aboyant. Les fenêtres restaient closes et je ne pouvais que regarder de loin ce lieu plein de cachettes et de surprises.

Quand pourrai-je enfin le visiter ? J'ai bien essayé plusieurs fois de me faufiler, mais les humains étaient malins et me surveillaient sans relâche. J'ai donc pris mon mal en patience, en espérant que ma quarantaine serait rapidement levée. En attendant, je profitais avec joie des avantages du logis et des genoux de mes humains.

Enfin libre !

Et puis vint le jour où on m'ouvrit la porte ! Je pouvais enfin partir à la découverte de mon royaume. Je m'aperçus très vite qu'il était vaste et qu'il recelait des possibilités de jeu infinies, des postes de chasse et des cachettes innombrables.

Les arbres d'abord : il y en avait de toute sorte, mais ceux qui ont très vite dévoilé leur intérêt, ce sont les oliviers. Bien taillés, ils étaient en cette saison couverts de petits fruits verts et leurs branches se révélèrent pleines de ressources pour mes escalades. En particulier, celui situé près de la maison et surplombant un abri encombré d'outils de jardinage. Quand mes humains sortent de la maison, telle une fusée je grimpe à son tronc et peux surveiller leurs faits et gestes avant de me précipiter à leur suite.

Après plus d'une année dans ces lieux, je ne suis toujours pas lassée de ces exercices d'escalade que je pratique toujours avec plaisir. J'ai également constaté que mon domaine, si grand soit-il, avait une fin, matérialisée par un portail. La Blanche respecte cette limite et j'ai pris l'habitude de me comporter comme elle. Il y a suffisamment d'activités ici pour que je n'aie pas envie d'aller voir ailleurs.

Dans cette propriété, il y a aussi quantité de murs sur lesquels je grimpe avec agilité. J'ai également découvert un grand bac à fleurs abrité du soleil que j'ai transformé en litière d'extérieur. Lui s'en est aperçu et a décidé de le réserver à mon usage. Il pousse même la prévenance à mon égard en l'arrosant lorsque la terre est trop sèche. Mais cela ne m'empêche pas de continuer à utiliser mes toilettes d'intérieur chaque fois qu'il y a du vent. Je déteste le vent et je ne suis pas la seule : la Blanche ne l'apprécie pas plus que moi.

Quand le mistral se lève, nous regagnons toutes deux la tranquillité de la maison pour y faire de super siestes.

Quand nos humains s'absentent, nous restons toutes les deux en attendant leur retour. J'ai un privilège : je suis autorisée à pénétrer dans la véranda dont j'ai très vite appris à ouvrir la porte tandis que l'accès en est interdit à la Blanche. Quand il pleut ou qu'il vente, je peux me réfugier à l'intérieur tandis qu'elle doit se contenter du canapé sous l'auvent.

C'est elle qui perçoit la première le retour de nos humains. Quelle que soit la météo, elle se hâte vers le portail et je la suis à distance respectueuse tout en signalant ma présence par quelques miaulements indiquant ma désapprobation d'avoir été délaissée trop longtemps. Sitôt la porte d'entrée ouverte, je me précipite à l'intérieur. Pour montrer mon mécontentement d'avoir été ainsi abandonnée, je boude un peu en faisant comme s'ils n'étaient pas là. Mais cela ne dure pas et je retrouve avec bonheur caresses et câlins.

Elle

Parlons un peu de mes humains !

Elle, d'abord !

Je n'ai eu aucun mal à la séduire. Je crois qu'elle était depuis longtemps une mère à chats, mais je n'ai pas eu de prédécesseur dans cette maison. Je l'ai vérifié. Pas la moindre odeur féline ne s'est manifestée.

Elle est parfaitement bien dressée. Elle répond à mes moindres désirs, me donne des caresses et des câlins chaque fois que je le réclame et me laisse tranquille quand je le souhaite. Si je veux des caresses, il me suffit de m'asseoir, de la fixer avec insistance et d'émettre un petit miaulement plaintif. Cela fonctionne à tous les coups. Elle arrête tout, s'assied et me regarde. Je peux alors sauter sur ses genoux et m'installer confortablement en posant ma tête sur son bras. J'ai aussi d'autres techniques pour obtenir un câlin :je m'agrippe à ses jambes jusqu'à ce qu'elle se décide à s'asseoir. Je grimpe alors sur son épaule et frotte ma tête contre la sienne. Elle ne sait peut-être pas que c'est surtout pour l'imprégner de mon odeur et lui signifier qu'elle m'appartient.

C'est Elle qui me nourrit et me fournit régulièrement des friandises.

Bref, elle me convient et, je peux vous le dire en confidence, je l'aime. Mais ne lui répétez pas, je préfère que cela reste entre nous.

J'adore nos moments de complicité et le soir je m'installe confortablement contre son visage où je reste parfois jusqu'au matin. Quand, au lever du jour, mon estomac se rappelle à mon bon souvenir, je la réveille en ronronnant. Si elle manifeste le souhait de rester encore allongée, je m'impatiente et commence à miauler. Quelquefois cela ne suffit pas et j'emploie les grands moyens : d'un coup de patte habile, je tire le drap pour lui signifie que j'ai faim et qu'il est temps de s'occuper du déjeuner. Elle se lève enfin. Pour la remercier, je lui fais quelques câlineries en espérant qu'elle daigne se rendre à la cuisine. Les préparatifs prennent un certain temps, mais je patiente. La Blanche me rejoint et nous attendons le rituel. Quand Elle se dirige vers la chambre, nous la suivons pour que Lui se lève à son tour. La Blanche saute sur le lit tandis que je la regarde faire, bien à l'abri sous une chaise.

Enfin le petit déjeuner est prêt et nous avons nos friandises du matin avant que la Blanche ne se charge de réclamer notre pitance. Elle met parfois un certain temps avant d'obtempérer, mais il ne faut pas se plaindre : le service est correct !

Dans la journée je ne m'occupe pas de ce que fait mon humaine. Quelques câlins par ci par là pour qu'elle n'oublie pas mon existence, mais j'ai tant à faire. De belles siestes à l'intérieur ou dehors suivant la météo, quelques parties de chasse entrecoupées de visite à ma gamelle : mes journées sont bien remplies.

Par contre, le soir, je la retrouve avec joie. J'attends avec impatience l'heure du coucher. Je viens alors m'installer près d'Elle. En hiver je me blottis sous la couette, ma tête à côté de la sienne. L'été ses jambes constituent le plus doux des oreillers.

Lui

Ah ! Lui, c'est une tout autre histoire! Je pourrais vous en parler pendant des heures. Depuis mon adoption, je l'ai beaucoup observé et j'ai constaté qu'il était beaucoup plus calé en psychologie canine qu'en comportements félins. J'ai encore beaucoup de choses à lui apprendre. Il n'est d'ailleurs pas très réceptif à mes messages et continue à n'en faire qu'à sa tête. Mais je saurai me montrer patiente, car, malgré toutes les erreurs qu'il commet à mon égard, j'ai pour Lui une grande affection. Mais n'allez surtout pas le lui dire ; il serait susceptible de profiter de la situation !

Quand je le vois agir avec la Blanche, je ne comprends pas qu'elle lui obéisse ainsi sans rechigner. Décidément, nous, les chats, avons infiniment plus de personnalité ! Nous serions capables de nous débrouiller seuls dans la nature alors que les chiens sont totalement dépendants des humains. Il n'y a que dans le jardin que la Blanche montre une certaine indépendance. Il faut dire que c'est un chien de garde particulièrement efficace et j'apprécie sa présence qui me prévient de tout danger. Par contre, jamais je ne me rabaisserai à ce que je considère comme de la servilité à l'égard des humains. Lui, essaye quelquefois de me solliciter comme il le fait avec la Blanche, mais je refuse d'entrer dans son jeu et j'ai le plus grand mal à lui faire comprendre que c'est moi et moi seule qui décide.

Je dois cependant confesser que mon amour pour Lui me pousserait parfois à faire ce qu'il me demande, mais je lutte, je lutte. Je tiens trop à ma liberté !

De temps en temps, en me faisant prier et lorsqu'il y a un avantage à la clé, j'accepte de lui lécher le bout du nez quand il me dit « bisou ». J'ai parfaitement pigé ce que veut dire ce mot, mais, volontairement, je ne réagis pas à chaque fois. Avez-vous un jour entendu parler du chat de Pavlov ? Non ! Et c'est normal, car il n'existe pas. Le chat est bien trop malin et indépendant. Même s'il comprend ce que l'on attend de lui, il refuse d'agir sur commande…

Revenons à Lui ! Quand je consens à répondre à sa demande, vous ne pouvez imaginer à quel point il est heureux. C'est pour cette raison que je dose mes « bisous » avec parcimonie. Sinon, il s'y habituerait et cela deviendrait normal. Je préfère garder avec Lui une certaine retenue dans mes effusions. Un jour je lui ai entendu dire que Dieu avait créé le chat pour donner à l'homme l'impression de caresser une panthère… J'aime assez cette citation : c'est mon petit côté Bagheera…

Par contre, lorsqu'il va dans le jardin, c'est un vrai bonheur de l'imiter. Dès que je le vois se diriger vers la porte, je bondis et me précipite à sa suite. Il fait tant de choses intéressantes à l'extérieur. Il manipule des tas d'objets bizarres. C'est pour cela que je ne le quitte plus d'un pouce, restant dans ses pieds ou l'observant depuis un olivier. Quand il profite d'une bonne sieste sur une chaise longue, je viens me blottir sur ses genoux et nous lézardons au soleil. Je suis si bien que j'accepte sans rechigner ses caresses un brin appuyées. Sa main est si grande qu'elle enferme toute ma tête quand il décide de me faire un câlin. Je commence à m'y habituer et je sais que c'est une démonstration d'affection. Je plisse un peu les yeux en attendant qu'il ait terminé. S'il s'acharne un peu trop, je proteste par un petit miaulement et je dois dire que cela suffit : il me permet de partir sans insister.

Le seul moment où j'aimerais qu'il me laisse en paix, c'est lorsque je fais ma toilette. Il ne semble pas se rendre compte de l'importance de ce moment dans la vie d'un chat. Il en profite souvent pour me tripoter dans tous les sens. Mais, même dans ces instants-là, je suis incapable de montrer de la colère, je le laisse faire et, parfois, je lui lèche les mains.

Vraiment, quand je pense à mes deux humains, je ne peux que me féliciter de les avoir choisis : ils sont parfaits !

Mes lieux de repos favoris

Je vous ai dit que, lors de mon arrivée ici, j'avais constaté qu'aucune corbeille n'était prévue pour moi. Et je ne m'en plains pas, car j'en ai aussitôt déduit que cela signifiait que je pouvais m'installer où bon me semblerait. Ce que je n'ai pas manqué de faire. J'ai essayé tous les fauteuils, tous les canapés et toutes les chaises. J'ai trouvé des coussins moelleux plus ou moins abrités des regards, des paniers adaptés à ma taille d'où je pouvais observer les agissements des habitants de la maison. Je choisis au gré de mon humeur l'un ou l'autre de ces endroits et j'en change régulièrement. J'ai toutefois une prédilection pour les chaises glissées sous la table. Leurs coussins ont la mollesse idéale et la retombée de la nappe me dissimule aux yeux indiscrets. J'y fais des siestes fabuleuses. Lorsque mes humains se mettent à ma recherche, ils soupèsent délicatement chaque chaise : la plus lourde est celle qui abrite mon sommeil qu'ils évitent de troubler la plupart du temps.

Le canapé du salon n'est pas mal non plus, mais la Blanche a tendance à le monopoliser sauf quand je suis plus rapide qu'elle. Je m'étale alors avec délice tandis qu'elle me regarde d'un air dépité. Je ne bouge pas d'un pouce et elle finit, avec un grand soupir, par s'allonger sur le sol au pied dudit canapé. Je peux savourer ma victoire avant de lui laisser la place avec magnanimité. Le plus intéressant sur ce canapé est le tissu qui le recouvre. Il me suffit de me glisser derrière cet abri et je suis protégé de la lumière. En effet, je préfère l'obscurité pour mes siestes diurnes. Cependant, cette position discrète a un inconvénient. Il est arrivé plusieurs fois que quelqu'un se vautre sur le canapé en ignorant ma présence. Je vous laisse imaginer l'horrible réveil que cela m'a procuré. J'ai poussé un hurlement réprobateur et l'humain s'est excusé de sa maladresse. Ce qui ne m'empêche pas de revenir me faufiler dans cet abri tellement agréable.

À l'extérieur, les coussins et les fauteuils sont regroupés sous l'auvent. Je les apprécie sans négliger d'autres positions plus originales. En fin d'après-midi, la pierre d'un escalier me restitue la chaleur emmagasinée pendant la journée. Un délice ! C'est en outre une situation idéale pour surveiller sans en avoir l'air mon terrain de chasse favori. Je m'installe parfois dans une jardinière dépourvue de fleurs. Bref, dedans comme dehors je ne manque pas de lieux de repos confortables.

Ma dernière innovation est le coussin destiné à la Blanche dans la chambre à coucher. Je l'ai annexé et, comme toujours, le canidé a accepté ma décision sans broncher et me laisse en profiter tout à loisir. Je dois avouer que c'est le chien le plus sympa que je connaisse !

Mais le summum du confort et de la satisfaction, je le trouve le soir dans le grand lit. D'ailleurs quand mes humains s'éternisent dans le séjour, je manifeste ma désapprobation en miaulant jusqu'à ce qu'ils regagnent la chambre. Le soir, pas de jaloux : je leur fais un câlin à chacun. En général, je commence par Lui. Puis je décide où je vais passer le reste de la nuit.

Souvent, je m'installe près d'Elle. Selon la saison, je préfère le coussin à côté de sa tête ou le fond du lit, appuyée sur ses pieds. Elle ne remue pas trop et me permet ainsi des nuits tranquilles. De temps en temps, c'est Lui que je choisis comme support, mais il a tendance à avoir des nuits plus agitées et je suis régulièrement obligée de déménager pour un endroit plus calme.

Quand le jour commence à poindre, je décide qu'il est l'heure de se lever et je viens indiquer mon souhait. Je commence gentiment, grimpant sur Elle en ronronnant jusqu'à ce qu'Elle ouvre les yeux. En général, elle me fait quelques caresses, mais ne manifeste aucune intention de se lever. Je passe alors à la phase deux. Je continue à ronronner, mais je tire la couverture : cela devrait être suffisant! Pourtant, elle ne bouge toujours pas ! J'essaye avec Lui. Pas de réaction non plus !

Je passe alors au plan d'attaque numéro trois. Je descends du lit et entreprends de gratter bruyamment la porte d'entrée en miaulant avec vigueur. Je suis sûre qu'Elle m'entend, mais, si elle s'obstine à faire la sourde oreille, je renouvelle la manœuvre plusieurs fois et j'obtiens enfin satisfaction.

Pour la remercier, je lui fais un câlin comme Elle les aime en frottant ma tête contre la sienne puis, quand j'estime que cela a assez duré, je me dirige vers la porte d'entrée. Un léger miaulement suffit pour qu'Elle accède à mon désir de sortir. Et me voilà partie pour une petite promenade en attendant le petit déjeuner qui ne saurait tarder.

Les jouets

C'est bien connu : tous les chats aiment jouer. Les animaleries le savent bien et proposent aux maîtres-chats une grande variété d'engins, tous plus originaux… et coûteux les uns que les autres. Quand je suis arrivée ici, mes humains n'ont pas fait exception et m'ont proposé une sorte de balle verte avec un grelot à l'intérieur. J'ai scruté cette chose et, pour les remercier j'ai joué avec l'objet quelques instants. Mais vraiment cela n'a aucun intérêt : la trajectoire est prévisible et le tintement du grelot ne ressemble à rien. Et ce n'est pas tout ! Ils m'ont aussi offert un genre d'oiseau de couleur bizarre avec une queue en plume véritable. Je ne l'ai même pas regardé. Celui qui a inventé cette sorte de jouet n'a sûrement jamais eu de chat…

Bref, mes humains ne savaient pas encore quelle sorte d'animal j'étais. Ils me connaissent maintenant et savent qu'il me faut des jeux plus originaux qui me permettent une activité intense. J'ai besoin de me dépenser autant à l'intérieur qu'à l'extérieur. Dans le jardin, je grimpe dans les oliviers, j'aiguise mes griffes sur leurs troncs ou sur les échelles en bois, je chasse, je joue avec les fleurs ou, comme déclare mon humain qui s'y connaît en course, je fais des fractionnés. C'est-à-dire des sprints rapides et violents suivis de repos tout aussi subits. Parfois, je vais si vite que je dérape dans les virages, ce qui le fait beaucoup rire.

Le soir, dans la maison, nous avons Lui et moi un petit rituel. Il se prépare une mixture extraite d'un sachet de papier. Je sais à cet instant que je vais pouvoir m'adonner à ma séance de dribbles quotidienne. Je m'installe à ma place favorite près d'un petit meuble et je guette le moment où il va me balancer la boulette. Il fait souvent durer cette attente en simulant un lancer qui ne vient pas. Mais je ne suis pas dupe et il n'a jamais réussi à me faire faire un faux départ ! Cette bille de papier est un jouet extraordinaire qui me sert d'entraînement à la chasse. Quand il se décide à la lancer, je m'élance et la saisis d'un habile coup de griffe. Puis d'un léger mouvement de patte, je la lance. La boulette part en bondissant de-ci de-là comme une vraie proie. Je la poursuis et la relance avec un plaisir toujours renouvelé.

Parfois, l'engin s'échappe sous un meuble et je peux m'adonner à un autre exercice : je me contorsionne, je m'étire, je glisse la patte à droite, je glisse la patte à gauche et finis par agripper l'objet convoité avec les griffes. Je le récupère triomphalement, le lance et reprends une série de dribbles. Lui aime m'observer chaque fois que je me livre à cette activité. Je l'ai entendu dire que je pourrais rivaliser avec M'Bappé. Je ne sais pas qui est cet individu, mais je pense que c'est un compliment… Quand je souhaite jouer à nouveau, il me suffit de me glisser derrière le canapé où ces boulettes finissent souvent. Mes humains en laissent toujours quelques-unes pour mes entraînements.

Mes aventures d'exploratrice...

Chaque pièce de la maison recèle des endroits que j'adore explorer : des placards, des tiroirs et aussi les dessous des meubles où je me faufile avec souplesse malgré l'étroitesse de certains. Si ma tête passe, le reste du corps doit passer. Je suis capable de me transformer en crêpe pour accéder à ces lieux d'où je ressors parfois recouverte de poussière. Il faudrait peut-être qu'Elle y fasse un brin de nettoyage !

Dès qu'un placard est ouvert, je me précipite et pars à la découverte de son contenu. Ceux qui sont pleins de vêtements sont les plus amusants. Je peux faire de l'escalade, jouer à cache-cache entre les robes, me suspendre aux porte-manteaux, disparaître tout au fond quand Elle me cherche et réapparaître là où Elle ne m'attend pas. Cette exploration n'est pas sans danger.

Le premier risque est celui de me trouver enfermée dans ma cachette. Cela s'est produit plusieurs fois, mais s'est rapidement terminé, car mes miaous insistants ont très vite signalé ma présence et Elle est venue me délivrer.

Je peux aussi me retrouver en fâcheuse position quand je grimpe trop haut et ne parviens pas à descendre. Encore une fois, un miaulement à fendre le cœur et mon humaine arrive pour me sauver. Il m'est même arrivé de faire mine d'être en mauvaise posture pour qu'Elle se précipite à mon secours. J'aurais très bien pu me débrouiller sans aide, mais c'est tellement drôle d'avoir un humain à son service !

Lui possède une armoire pleine de surprises. Quand je parviens à l'ouvrir, la lumière s'allume et une multitude tiroirs s'offre à ma curiosité. Le seul inconvénient c'est que la lumière signale mon intrusion dans un lieu interdit. Je ne peux généralement pas profiter longtemps des trésors qu'il recèle.

D'autres placards ne sont pas très bien fermés et avec un peu d'obstination, j'arrive à les ouvrir. Celui du bureau est particulièrement attrayant. Il fait, à l'ouverture, un claquement que j'apprécie énormément. À l'intérieur, des dossiers que j'adore mettre en désordre avant de m'installer à l'abri pour une petite sieste bien méritée.

Les tiroirs ont aussi des ressources intéressantes. C'est un amusement fabuleux d'en dégager tout le contenu pour m'installer à la place du fatras que j'ai fait tomber. Hélas, mes humains ne semblent pas goûter ce jeu pourtant fort divertissant... Ils referment rapidement ce lieu convoité et je ne parviens jamais à en profiter très longtemps ;

Par contre, une étagère sous des livres a été libérée à mon intention et j'ai apprécié le geste : l'endroit est frais, tranquille et peu éclairé. En été, c'est très plaisant d'y effectuer la sieste quand il fait chaud dehors.

La cave et le garage

Les seuls lieux qui me sont interdits sont pleins de désordre et de planques fantastiques. Hélas ! Mes humains ne veulent pas m'y laisser pénétrer. J'essaye très souvent, mais ils se méfient et je n'ai réussi à les surprendre que quelques rares fois. C'est à ces occasions que j'ai découvert les merveilleuses possibilités d'escalade, de cachette et d'exploration que recèlent ces pièces. Je dois reconnaître que la visite peut s'avérer dangereuse : peu de temps après mon arrivée ici, je me suis trouvée enfermée pendant une journée entière et personne n'entendait mes miaulements ; pas d'eau, pas de nourriture et pas de lumière. Je dois dire que j'en conserve un très mauvais souvenir, ce qui ne m'empêche pas de tenter de pénétrer chaque fois que quelqu'un y descend. Je fonce dans l'escalier pour m'installer au coin de la porte, prête à bondir à son ouverture. Hélas, mes humains ont l'air d'avoir compris mon manège et je ne parviens pas à tromper leur vigilance. Et plus ils m'interdisent d'entrer, plus j'ai envie de le faire en me demandant ce qu'ils peuvent bien garder là dedans que je n'aurais pas le droit d'aller visiter.

J'ai même découvert qu'une porte communiquait avec l'extérieur, ce qui m'a offert l'occasion de me faufiler une ou deux fois. Mais, me souvenant de ma journée de prison, j'ai pris soin de signaler ma présence par un miaulement sonore. Cela a donné lieu à une belle poursuite : j'apparaissais à un endroit, Elle essayait de me saisir. Je lui glissais entre les mains pour réapparaître un peu plus loin. Le petit jeu a duré un bon moment et je m'amusais bien. Pourtant, l'humaine a semblé se lasser de ce jeu. Elle est sortie, a refermé la porte et éteint la lumière. Je n'ai pas hésité longtemps avant de me manifester. J'ai gratté, miaulé et Elle m'a ouvert. Malgré le charme de ce lieu, je l'ai quitté sans regret.

Après réflexion, je me demande si ce n'est pas une tactique pour me faire obéir. D'autant plus qu'Elle a procédé de la même façon il y a quelques jours alors que je me cachais dans son placard et refusais d'en sortir.

Oui, mais, d'un autre côté, je ne peux pas prendre le risque de rester prisonnière d'un endroit, certes attrayant, mais qui devient très vite inhospitalier si je ne peux le quitter à ma guise.

Je crois que, en dépit des dangers, je continuerai à chercher à explorer ces lieux défendus. C'est une telle victoire lorsque j'y parviens. Et puis le petit frisson d'adrénaline quand on brave un interdit, cela n'a pas de prix. Je suis à la fois prudente et aventureuse et je pense être capable, malgré mon jeune âge, d'évaluer les risques. Jusqu'à maintenant, tout s'est bien passé et il n'y a pas de raison que cela cesse... Je sais que mes humains ne me laisseront jamais en mauvaise posture. Ils sont bien trop inquiets lorsqu'ils ne savent pas où je suis .

La chasse

J'ai trois activités favorites : les câlins, la sieste et… la chasse.

Il faut dire que la maison et le jardin constituent un vrai paradis pour une chasseresse de ma trempe. J'ai, sans me vanter, des dispositions exceptionnelles pour suivre, guetter et capturer toutes sortes de proies. Moi qui suis souvent plutôt impatiente, je sais faire preuve, dans cette activité, d'un calme remarquable. Je suis capable de m'approcher sans bruit puis de rester immobile de longues minutes en attendant le moment favorable pour me jeter sur la bestiole convoitée. Rien ne me résiste : depuis les mouches jusqu'aux oiseaux en passant par les lézards et les souris. Je suis douée pour tout capturer. J'ai même attrapé un animal que mes humains ne connaissaient pas. Ils ont fait des recherches et ont découvert qu'il s'agissait d'une espèce protégée : un seps strié ! Oups ! Désolée pour la biodiversité ! Mais cette sorte de lézard à courtes pattes était trop appétissante ! Et puis, il n'avait qu'à mieux se camoufler, je ne l'aurais peut-être pas trouvé. Quoique… J'ai un œil toujours aux aguets et il faut être très habile pour m'échapper : le moindre mouvement insolite et je bondis. Et quand je saute, je rate rarement mon objectif.

Comme mes congénères, lorsque je capture une belle proie, je viens en faire don à mes humains. J'ai toutefois l'impression qu'ils n'apprécient pas mon offrande à sa juste valeur. Surtout si je leur apporte ma prise qui gigote encore, sur leur lit au beau milieu de la nuit. Je dois même avouer que, très souvent c'est Lui qui se lève et fait disparaître mon présent malgré mes supplications. Je n'arrive pas à comprendre qu'ils soient insensibles à mes cadeaux : je ne leur donne que les plus magnifiques proies : les autres, je les mange directement après avoir joué avec elles.

J'ai tout de même noté une certaine admiration devant certaines de mes performances. En particulier, lorsque, d'un bond, je parviens à occire un frelon de belle taille sans me faire piquer. C'est, j'en conviens, une belle prouesse dont je ne suis pas peu fière.

Depuis que je réside ici, on ne voit plus guère de mulots dans le jardin et c'est bien dommage : leur poursuite représentait un exercice très amusant.

Je peux aussi chasser à l'intérieur où l'on trouve quantité de tarentes. Ce sont des lézards rosés, pas très malins. Ils constituent mes cibles favorites, bien que trop faciles à attraper. Leur seule parade pour tenter de se soustraire à mes griffes consiste à se séparer de leur queue qui continue de s'agiter pour me leurrer. Vous imaginez bien que je ne suis pas dupe de ce stratagème simpliste et que je ne lâche pas l'animal pour un morceau sans intérêt ! Lui n'est pas très content quand je capture ces tarentes. Il dit que ces animaux sont très utiles, car ils se nourrissent de moustiques. Peut-être, mais c'est vraiment trop amusant de les guetter, de jouer avec eux en leur laissant croire qu'ils vont réussir à m'échapper puis de se jeter de nouveau sur eux à l'instant où ils essayent de s'enfuir. Vous pensez peut-être que je suis sadique de me comporter ainsi ? Que voulez-vous, je suis un chat et tous les félins agissent de cette façon. Par contre, tous les chats ne consomment pas leurs captures. Moi si ! Ces tarentes ont un goût délicieux, bien supérieur à toutes les pâtées de luxe…

Pâtées, croquettes et petits à-côtés

Puisque je viens de vous parler dégustation de mets de choix, intéressons-nous à l'ordinaire.

Je n'ai pas à m'en plaindre ; les croquettes sont de qualité et en quantité suffisante. Elle est cependant attentive à bien doser ma nourriture. Ils veulent que je reste svelte et vérifient souvent mon tour de taille. Avec tout l'exercice que je fais, il n'ont rien à craindre : pas de risque de me voir devenir un matou obèse avachi sur son coussin !

L'essentiel de mon alimentation est donc constitué de croquettes parfaitement équilibrées en graisses, nutriments et que sais-je encore, mais néanmoins assez peu goûteuses. C'est bien connu, le goût, c'est la graisse !

Heureusement, elles sont souvent complétées par quelques suppléments plus savoureux. Ainsi, le soir, je me régale d'une petite portion de sachet de bœufs-carottes ou poisson-haricots verts de bonne qualité. Sauf une fois, où Elle a tenté de me refiler un sachet assez infect: du bas de gamme !Vous imaginez bien que je n'ai pas touché à ce menu indigne de moi. Elle l'a compris et ne m'a plus jamais resservi ce genre de pâtée.

Le repas le plus intéressant est le petit déjeuner. Il faut parfois attendre assez longtemps pour en profiter, mais je patiente. La Blanche et moi devons nous rendre plusieurs fois dans la chambre pour que Lui se décide à venir. Pourtant, ma copine a une technique très expéditive pour lui indiquer que nous avons faim : elle saute sur le lit et, avec l'énergie d'un bulldozer, elle s'agite contre Lui. S'il dort, avec cette intrusion vigoureuse, c'est certain qu'il est bien réveillé !

Dès qu'il se lève, chacun gagne sa place : la Blanche sur le canapé et moi sur la table.

Elle distribue les friandises matinales : un bâtonnet pour les dents à destination de la chienne et quatre petites friandises cachées sur la nappe pour moi. Un matin, Elle n'en a mis que trois et j'ai cherché un long moment celle qui manquait…

Puis mes humains déjeunent à leur tour. Comme ils consomment chacun un yaourt, je suis autorisée à en lécher le couvercle. Celui de mon humain est le meilleur, mais il me fait souvent des agaceries avant de me le donner. J'ai compris rapidement que son but était de me rapprocher de lui autant que possible pour pouvoir me câliner pendant que je mange. Je n'aime pas être dérangée pendant le repas. Cependant, c'est le prix à payer pour déguster ce délicieux yaourt. Et puis, cela lui fait tellement plaisir : nous sommes gagnants tous les deux : il a son câlin et moi ma friandise…

Quand ce sont les autres humains qui prennent soin de nous, c'est un peu plus compliqué, car ils ne sont pas d'accord pour que j'aie des suppléments. Et quand mes humains s'absentent, c'est croquettes et rien d'autre !

La famille a une autre particularité. Quand les beaux jours arrivent, elle s'installe dans le jardin pour prendre ses repas. Au début, j'ai été très étonnée de voir la Blanche réclamer que sa gamelle soit posée à proximité d'eux. J'ai continué à manger mes croquettes à leur place habituelle avant de constater que ce changement de lieu était fort agréable. J'ai donc signalé qu'il me conviendrait parfaitement d'avoir, moi aussi, ma table extérieure près de celle de la Blanche. Et j'ai bien sûr obtenu satisfaction.

Si je fais le bilan côté nourriture, je peux dire que le « couvert » et le « service » sont tout à fait convenables. Je ne les recommanderai pas sur Catadvisor, car je n'ai nulle envie de voir débarquer des congénères… J'ai déjà donné question cohabitation et j'apprécie trop d'être le seul félin de cette demeure.

Il faut dire que je suis tellement unique !

Attention ! Il m'a semblé entendre que vous disiez que je suis cabotine. C'est impossible puisque ce mot ne s'adresse qu'à des « cabots » c'est-à-dire… des chiens !

Les autres humains

N'imaginez pas que Lui, Elle, la Blanche et moi vivions en solitaires. Nous avons de fréquentes visites dont je vais vous entretenir. Entre parenthèses, j'espère que vous avez remarqué l'exquise politesse dont j'ai fait preuve en mentionnant les membres de notre famille : je me suis citée en dernier, même si j'estime en être le personnage le plus important... Mais revenons à nos visiteurs.

Tout d'abord, il y a le jeune couple dont j'ai parlé précédemment qui s'installe parfois au rez-de-chaussée de la maison. Quand mes humains s'absentent, ils s'occupent de nous. Ils sont sympathiques, distribuent des câlins et aiment les animaux. Cependant, les règles de vie qu'ils nous imposent diffèrent de celles en vigueur habituellement et nous devons nous adapter. Je suis autorisée à sortir quand bon me semble, de jour comme de nuit. Par contre, pas de friandises et interdiction de stationner sur la table. Je suis pourtant brossée, vermifugée et soignée contre tous les parasites, mais ils sont intraitables: je ne dois pas me prélasser à l'endroit où ils mangent. Malgré cet inconvénient, j'en suis satisfaite, même si j'apprécie le retour de mes humains.

Il y a également un jeune qui vient nous voir assez souvent. Il connaît bien l'espèce féline et j'ai cru comprendre qu'il avait, chez lui, un de mes congénères. J'aime bien lui rendre visite dans sa chambre en bas et parfois, je reste une partie de la nuit avec lui.

Nous organisons aussi de grandes réunions avec beaucoup de monde. La première fois que j'ai assisté à ce genre de fête, quelqu'un s'est inquiété pour moi : il pensait que j'allais m'enfuir ou me terrer quelque part à la vue de cette foule. C'était mal me connaître ! Ces changements sont loin de m'effrayer. Je me suis promenée nonchalamment en saluant les humains qui me plaisaient et en ignorant les autres…

En outre, ces grands rassemblements ont un immense intérêt gustatif. Mes humains sont très occupés et donc moins attentifs au rangement des reliefs du repas. Je peux ainsi, quand personne ne me regarde, récupérer quelques restes délicieux. J'ai d'ailleurs découvert que la Blanche procédait de la même façon. Elle n'a pas ma délicatesse, mais elle ne se débrouille pas mal. Je l'ai vue engloutir en un éclair la moitié d'une tarte aux figues. Je ne l'aurais pas imaginée aussi adroite. Elle a réussi à subtiliser le morceau en entier sans rien déranger et sans casser le plat. Il faut dire que, étant donné sa taille, elle a la gueule au niveau de la table tandis que je dois grimper pour accéder à la nourriture.

Quand des inconnus viennent nous visiter, je reconnais immédiatement les amoureux des félins. Mon petit gabarit les surprend souvent. Ils sont habitués à de gros matous nonchalants et ils se trouvent face à une féline svelte et remuante. Je suis fière de mon petit effet et remercie mon humaine de prendre soin de ma ligne même si, certains jours, je prendrais bien de menus suppléments…

Un humain spécial : le vétérinaire

Je classe les humains que je rencontre dans deux catégories : les sympathiques auxquels j'adore montrer de l'intérêt et les autres que j'ignore. Cependant, il en existe que je ne sais pas où classer : ce sont les vétérinaires. La Blanche et moi fréquentons assez régulièrement ces individus. Ma copine ne les aime pas beaucoup. Pour ma part, j'hésite. Leur lieu de résidence ne me plaît pas du tout, car il sent la peur et la souffrance. Tous les animaux que j'y ai aperçus montraient leur crainte. Les premières fois que j'ai eu affaire avec un vétérinaire, tout s'est bien passé. Il m'a examinée de tous les côtés : les pattes, les oreilles, la gueule... Il a tout vérifié. Il a même utilisé des instruments étranges et a terminé par une piqûre fort heureusement peu douloureuse. Je n'ai pas miaulé et pourtant je suis douillette… J'étais prête à classer les vétérinaires dans la catégorie sympathique, quoiqu'un peu envahissante. Mais il m'est arrivé une mésaventure qui m'a fait douter.

Au cours de mes balades dans le jardin, j'ai joué avec une herbe et je me suis blessée à l'intérieur de la gueule. Je n'y ai pas prêté attention, mais après quelques jours, la blessure s'est infectée, m'empêchant de manger et même de boire. Je miaulais de douleur chaque fois que je tentais de me nourrir. Mes humains ont essayé de me donner à boire avec une seringue : impossible ! J'avais trop mal. Direction la clinique vétérinaire où il m'ont laissé aux mains d'une humaine qu'ils avaient l'air de bien connaître. Je ne peux pas vous raconter ce qui s'est passé ensuite, car j'ai dormi et ne me souviens de rien.

À mon réveil, la douleur avait disparu et mes humains n'étaient pas là. J'ai commencé à m'inquiéter. C'est alors qu'une inconnue m'a remise dans ma cage de transport et rapportée dans l'entrée où ils m'attendaient visiblement très anxieux.

J'ai été très surprise... et flattée de la joie qu'ils ont manifestée en me voyant. Leurs démonstrations d'affection m'ont paru un peu démesurées jusqu'à ce que j'en comprenne la raison. Dans la voiture qui nous ramenait au logis, ils ont beaucoup parlé et semblaient soulagés d'une grande peur. Ils disaient que la secrétaire ne leur avait pas dit comment j'allais : elle avait simplement indiqué que le docteur allait les recevoir. Ils avaient envisagé le pire et s'étaient imaginé que je n'avais pas survécu à l'opération. Cela expliquait leur réaction à mon retour.

Cette péripétie n'est plus qu'un mauvais souvenir. Elle m'a montré à quel point ma famille m'était attachée.

Mais je ne sais toujours pas si un vétérinaire est un humain sympa ou pas. Le bon côté de ces individus c'est qu'ils m'ont guérie de ma blessure. Mais cela veut dire aussi que c'est une race d'humains que l'on va voir quand on est malade.

En conclusion, je dirais qu'un vétérinaire c'est bien, mais qu'il faut éviter de les fréquenter trop souvent…

La maison en hiver

Chacun sait que les chats affectionnent la chaleur. Moi plus que tous les autres, étant donné ma naissance sous les tropiques. L'été, il y a dehors quantité de lieux ensoleillés où j'aime me prélasser. Et, s'il fait trop chaud, je ne dédaigne pas de savourer ma sieste sous le courant d'air du ventilateur. Je trouve cet appareil fort agréable. Par contre, je déteste le vent et particulièrement les rafales venues du nord que les humains appellent le Mistral. Quand il souffle, quelle que soit la saison, nous filons, la Blanche et moi, nous réfugier dans la maison.

Quand arrive l'hiver, qui ici n'est pas très rigoureux, je préfère également le confort intérieur. S'il fait froid, ils allument du feu dans la grande cheminée et le salon est alors des plus douillets. Ces flambées me fascinent : je regarde longuement les flammes qui s'agitent. J'écoute crépiter les bûches et j'apprécie la chaleur qui se dégage du foyer. Cependant, mes humains ont l'air inquiets chaque fois que je m'approche trop près. Il est vrai que je pénètre à certains moments à l'intérieur de la cheminée et on ne sait jamais à quel moment une bûche va projeter des étincelles. Ils me sortent de mon lieu d'observation quand ils estiment que je suis trop proche du foyer. Je proteste mollement puis je vaque à d'autres activités.

Ainsi, je peux m'installer sous des plaids douillets qu'Elle utilise très souvent. C'est une position idéale : bien au chaud, sur ses genoux et à l'abri de la lumière. Nous passons une soirée parfaite avant de gagner la chambre où la couette volumineuse et légère promet une nuit délicieuse.

L'unique inconvénient de l'hiver est la fermeture du fénestron qui, en été, me permet de rentrer et de sortir à ma guise. Je suis obligée de réclamer lorsque je veux m'éclipser à l'extérieur et mes désirs ne sont pas toujours exaucés. Je dois reconnaître que ces demandes sont souvent des caprices ; j'ai peut-être un peu exagéré les premières fois en revenant gratter à la fenêtre quelques instants seulement après avoir obtenu mon autorisation de sortie. Il paraît que les fréquentes ouvertures des issues ne sont pas bonnes pour la consommation électrique. Cela semble les préoccuper énormément et je finis par accepter de rester à l'intérieur en protestant pour la forme. J'apprécie que l'on exauce mes désirs, mais je sais aussi faire certaines concessions !

La boîte mystère

Les humains emploient des boîtes d'où jaillissent des voix et sur lesquelles parfois bougent des images. Les miens en ont une posée sur une étagère et je m'y suis quelquefois intéressée quand il s'en échappait une musique qui charmait mes oreilles ou quand l'image représentait un animal, mais je me suis rapidement aperçu que cet engin était un leurre et sa seule utilité pour moi est l'abri qu'il m'offre derrière lui si je souhaite un peu de tranquillité.

Les boîtes qu'ils transportent avec eux sont du même genre avec en outre un bruit très fort avant que les voix n'en sortent. Tous les humains ont avec eux ce genre d'objet et il paraît avoir beaucoup d'importance pour eux. Plus l'humain est jeune, plus il passe de temps à tripoter cette boîte. Les miens ne font pas exception. Je m'intéresse peu à ce qu'ils font avec leur boîte mystère.

Par contre, il en est une qui me perturbe beaucoup. C'est Lui qui la possède. Elle est très petite, de couleur sombre et aucune image animée n'y apparaît. Cependant, chaque fois qu'il la prend c'est sa voix à Elle que j'entends.

La première fois que cet évènement s'est produit, je me suis approchée de l'objet, je l'ai senti puis je l'ai câliné sans comprendre comment il avait fait pour l'enfermer dans une si petite chose. J'ai regardé autour de moi : Elle n'était pas là. Sa voix continuait de jaillir de la boîte et, malgré mes câlins, Elle n'apparaissait pas. Heureusement, quelques instants plus tard, j'ai entendu des pas dehors et Elle a ouvert la porte.

J'ai vite oublié ce curieux phénomène, mais il s'est renouvelé plusieurs fois. C'était toujours Elle que j'entendais. Même en miaulant comme lorsque je cherche à attirer son attention, je ne réussissais pas à la sortir de cette maudite boîte. Je l'ai juste entendue prononcer mon nom. Mais où pouvait-elle se cacher ? De colère, j'ai mordu ce truc mystérieux. Pendant ce temps, il rigolait ! Ma façon de faire avait l'air de beaucoup l'amuser. Au lieu de m'aider à la sortir de sa prison, il disait :

— Parle-lui encore ! Tu l'entends ? Elle miaule…

J'ai été très vexée de cette attitude moqueuse. D'ailleurs la dernière fois que ce genre d'incident s'est produit, ce n'est pas la boîte que j'ai mordue, mais Lui ! Rassurez-vous, je l'ai fait délicatement sans lui faire mal. Néanmoins, j'espère qu'il a compris que je n'aimais pas que l'on se moque de moi.

Cette boîte me donne du fil à retordre et malgré mon intelligence bien connue, je ne parviens pas à résoudre cette énigme. Je me demande si j'y arriverai un jour. Peut-être suis-je encore trop jeune. C'est la seule explication que je trouve à mon ignorance.

Entrées et sorties

En plus de tous les attraits dont je vous ai déjà parlé, cette maison recèle une foule de possibilités pour y pénétrer, toutes plus amusantes les unes que les autres .

L'entrée principale, utilisée par les humains, est une lourde porte que je parviens rarement à ouvrir seule. Elle avait, en bas, une plaquette de caoutchouc que j'ai déchiquetée avec jubilation : je crois qu'ils n'ont pas apprécié… Dommage ! Je pense que c'est beaucoup mieux ainsi, car il y a maintenant de l'air et de la lumière qui filtrent sous la porte.

À côté de cette issue se trouve une petite fenêtre placée au-dessus d'un meuble. Quand le soleil brille chaud, elle reste ouverte et je peux entrer et sortir à ma guise même quand ils sont absents. Disons que, pour moi, c'est ma chatière qui, hélas, demeure close dès qu'il fait froid.

Dans la pièce principale, une grande porte-fenêtre donne sur un gros olivier. C'est là mon accès sportif que j'emprunte pour le plaisir de faire de l'escalade. Mais il comporte des risques. Parfois, la fenêtre est fermée et je me retrouve en situation précaire sur le seuil étroit. Pour être aperçue, je dois grimper sur la rambarde où je fais de l'équilibre en miaulant jusqu'à ce que quelqu'un vienne m'ouvrir. J'avoue que ce n'est pas une position très confortable, car je suis dans l'impossibilité de faire demi-tour.

Dans la cuisine, c'est plus simple et beaucoup moins acrobatique. Elle m'ouvre volontiers la fenêtre au-dessus de l'évier dès que je gratte au carreau. Quand elle se trouve dans cette pièce, c'est le moyen que je choisis, mais c'est le moins amusant, car l'accès est vraiment trop facile.

Dans la véranda, il y a une grande baie coulissante que je peux ouvrir toute seule. Je parviens donc à entrer quand je le souhaite, mais c'est tout, car je suis coincée pour aller plus loin, ne sachant pas ouvrir la porte de la cuisine. C'est néanmoins un local intéressant, empli de coussins moelleux et je m'y réfugie parfois pour une courte sieste ou une recherche de tarentes qui abondent derrière les rideaux.

Au rez-de-chaussée, les issues existent, mais elles ne sont ouvertes que lorsque d'autres bipèdes viennent nous visiter. Cependant, si j'ai envie d'une petite promenade à l'extérieur et que mes humains n'y sont pas favorables, je descends toujours contrôler si, par mégarde, on n'aurait pas oublié de fermer une des fenêtres. Je dois reconnaître que cet oubli est extrêmement rare. Ce qui ne m'empêche pas d'aller vérifier. On ne sait jamais ! Mes humains sont parfois étourdis..

En guise d'épilogue

Voilà ! Je vous ai raconté ma vie et mes aventures. Cependant je ne doute pas que mes découvertes vont encore être nombreuses. Mon avenir s'annonce sous les meilleurs auspices avec ma famille et ma maison. Je peux dire que je suis un félin chanceux et heureux. Je voudrais donc terminer cette autobiographie par quelques mercis et des souhaits.

Les remerciements tout d'abord : ils vont à tous ceux qui ont permis que ma destinée évolue bien. Une existence, qu'elle soit féline ou humaine a besoin de coups de pouce du hasard. Cependant celui-ci n'est rien sans la volonté d'en faire bon usage. Et je peux dire que j'ai su, au cours de ma jeune vie, prendre mon mal en patience quand tout n'était pas parfait et saisir la chance quand elle s'est présentée. Que sont devenus mes frères ? Ont-ils eu autant de réussite que moi ? Je l'espère pour eux.

Pour ma part, mon instinct ne m'a pas trompée lors de ma première rencontre avec mes humains et je ne regrette pas mon choix. J'ai cru entendre qu'ils étaient, eux aussi, très heureux de m'avoir découverte. Donc tout est pour le mieux et je ne vois aucune raison pour que cela change.

Quant aux souhaits, je les formule pour tous les chats des rues. Qu'ils aient la même chance que moi, à une condition : que ce soit avec d'autres adoptants que les miens ! Vous savez bien que je ne suis pas partageuse. Je tolère volontiers de laisser une part de leur affection à la Blanche, mais pas question d'accepter la présence d'un deuxième félin. Je suis en mesure d'affirmer que cela ne se produira pas, car j'excelle dans l'art de monopoliser leur attention.

Et nous serons pendant de longues années :

Un homme, une femme et… un chat.

Chat ba da ba da, chat ba da ba da….

Du même auteur

Romans

Péio (Editions Le Lys Bleu)

Cuba, c'est vers toi que j'arrive (Presses du Midi)

Baptistin de la Valette (Pressses du Midi)

Histoires pour enfants

Les histoires de Mamou à lire le soir (BoD)